DE TUDO UM POUCO

Visões de um Gerente do Mundo Real

Marcos Lefevre

DE TUDO UM POUCO

Visões de um Gerente do Mundo Real

QUALITYMARK

Direção Editorial	Produção Editorial
SAIDUL RAHMAN MAHOMED editor@qualitymark.com.br	**EQUIPE QUALITYMARK**

Capa	Editoração Eletrônica
EQUIPE QUALITYMARK	**PS DESIGNER**

CIP-Brasil. Catalogação-na-fonte
Sindicato Nacional dos Editores de Livros, RJ

L521d

Lefevre, Marcos
De tudo um pouco : visões de um gerente do mundo real / Marcos Lefevre. – 1. ed. – Rio de Janeiro : Qualitymark Editora, 2020.
104 p. : il. ; 21 cm.

ISBN 978-85-414-0365-8

1. Gerentes. 2. Administração. 3. Recursos humanos. I. Título.

20-62237 CDD: 658.4092
CDU: 005.322:316.46

Leandra Felix da Cruz Candido – Bibliotecária – CRB-7/6135

2020
IMPRESSO NO BRASIL

Qualitymark Editora Ltda.	www.qualitymark.com.br
Rua José Augusto Rodrigues, 64 – sl. 101	E-mail: quality@qualitymark.com.br
Polo Cine e Vídeo – Jacarepaguá	Tels.: (21) 3597-9055 / 3597-9056
CEP: 22275-047 – Rio de Janeiro – RJ	Vendas: (21) 3296-7649

Palavras iniciais ou por que ler este livro:

Durante mais de 20 anos, fui gerente de operação da Itaipu Binacional. **Uma enorme responsabilidade!** Afinal, houve meses em que um quarto do mercado de energia elétrica brasileiro foi atendido por Itaipu! No caso do Paraguai, mais ainda, quase todo o seu mercado chegou a ser atendido pela usina, embora uma ou duas unidades fossem capazes de atendê-lo.

Além das dificuldades relacionadas à binacionalidade da empresa, a equipe que gerenciei, que chegou a ter mais de 300 pessoas, era altamente heterogênea. Havia desde engenheiros com doutorado, até pessoal do chamado nível manual, com qualificação de apenas alguns anos do ensino básico. Tinha contato frequente com todos eles.

Ao longo desses anos, procurei registrar minhas experiências e visões, por meio de textos curtos, que agora compartilho. Sua leitura pode ser feita em qualquer ordem. Tenho certeza de que serão úteis, pois, afinal, trata-se de gestão no mundo real.

Marcos Lefevre
lefevre.gestao@gmail.com

Sumário

Certas Coisas Não Dá para Delegar!

Certa ocasião, conversando com um colega de trabalho, surpreendi-me quando este afirmou que a responsabilidade pelo seu aprimoramento profissional era da empresa. Cabia a ela cuidar que ele se mantivesse atualizado, uma vez que seria a maior prejudicada caso seu desempenho deixasse a desejar.

Choquei-me com essa declaração, principalmente porque o colega era um engenheiro jovem e brilhante.

De início, atribuí essa visão equivocada ao fato de trabalharmos numa estatal. A segurança do emprego, a pouca cobrança de desempenho, uma política de aumentos salariais quase automáticos, independentes da *performance*, seriam, talvez, os fatores de indução dessa postura passiva, acomodada, talvez suicida.

Na ocasião, tentei demovê-lo dessa ideia.

– E se você, por uma razão ou outra, for obrigado a se desligar da empresa? Não entende que, nessa situação, seu valor profissional e suas oportunidades de emprego dependerão fundamentalmente da sua bagagem de conhecimentos?

A hipótese parecia a esse meu colega tão remota, tão boa era a empresa onde trabalhávamos, que não se sensibilizou. Iludia-se, talvez por sua juventude, ao pensar que se uma empresa é boa de se trabalhar hoje, também o seria no futuro, mesmo que este estivesse muito distante.

Também não se sensibilizava com meus argumentos no sentido que às vezes somos obrigados a sair de uma boa empresa por motivos particulares. Uma inadaptação de um membro atual ou futuro da nossa família à cidade, por exemplo.

Alguns anos após essa conversa, tive a oportunidade de assistir a uma palestra de um gerente de uma empresa estatal recém-privatizada. Na transição, um dos principais problemas identificados foi que o corpo técnico da empresa estava bastante desatualizado. Destaque-se que, há muito, o processo seletivo das estatais garante que os profissionais admitidos sejam bastante qualificados. O que teria ocorrido, então, seria uma despreocupação da equipe, um acomodamento com a sua evolução técnica.

O problema, portanto, seria geral e não apenas daquele engenheiro com quem conversara tempos atrás.

Desde então, tenho ficado atento a outras manifestações desse tipo.

Observo que a visão de que assuntos pessoais, fundamentais à nossa vida, não são nossa responsabilidade ocorre com frequência em nosso povo, que, aparentemente, aprecia e pratica posturas paternalistas e espera assistencialismo do governo.

Vejamos outros exemplos.

Muitas pessoas agem como se a responsabilidade por sua saúde fosse do seu médico e não sua. Controles pessoais mínimos, como a frequência de realização de exames periódicos e dos exames laboratoriais não são efetuados, sendo vistos não como uma responsabilidade pessoal, mas sim do seu médico. No caso dos homens, por exemplo, se o clínico não pede um exame de próstata anual, para os que já passaram dos 50, é bem possível que nenhum exame seja feito.

A quem cabe manter esse controle? Quem deve controlar se já não é hora de realizar novamente o exame X ou Y? Tem sentido delegar totalmente algo tão importante quanto nossa saúde a um terceiro?

A resposta parece-me evidente.

O mesmo raciocínio vale para as finanças domésticas. Algumas pessoas agem como se estivessem delegando ao seu gerente de banco a gestão das suas finanças.

– Qual o melhor investimento a fazer?

– Fiz o que o gerente recomendou!

– Como fazer um pé-de-meia para a aposentadoria?

– Aderi a um plano de aposentadoria recomendado pelo meu gerente!

Essa postura passiva, infelizmente, tem um preço muito caro.

É claro que temos de cobrar da empresa onde trabalhamos oportunidades de aprimoramento profissional. Do nosso clínico, recomendações para manter nossa saúde. Do nosso gerente de banco ou assessor financeiro, orientações financeiras.

Apesar disso, a responsabilidade maior por nossa saúde, nossa poupança e, voltando ao início desse ensaio, nosso desenvolvimento profissional é nossa, pessoal, intransferível e indelegável!

Aprendendo a Discutir

Em nosso dia a dia, de vez em quando somos obrigados a nos envolver em discussões. Afinal, discutir faz parte da nossa vida.

Apesar disso, é muito comum ouvir de algumas pessoas declarações como:

"Detesto discussões!", ou ainda, "Evito discussões!", como se isso fosse uma opção comportamental válida.

A atividade "DISCUTIR" faz parte do convívio básico entre seres humanos. Apesar de os dicionários e muitas pessoas entenderem discussão como um sinônimo de briga, isso não é certo.

Discutir é discordar, pensar diferente.

Não só isso é normal, como muito bom.

Por meio de uma discussão, podemos conhecer novos enfoques sobre um determinado assunto e, refletindo sobre eles, evoluir em nossa maneira de compreendê-lo. Mesmo que mantenhamos, após reflexão, nossa visão inicial, essa estará mais robusta por ter sido submetida a questionamentos e sobrevivido.

Desde crianças envolvemo-nos com discussões.

Com nossos amiguinhos, eram naturais as discussões sobre qual a próxima brincadeira.

Com nossos pais, o que deveriam deixar-nos fazer.

Com nossos filhos, o que ainda não poderiam fazer, ou **o que não poderiam fazer em nenhuma hipótese.**

Frequentemente, contudo, essas discussões acabavam mal para uma das partes envolvidas, evoluindo até a pancadaria.

No ambiente de trabalho, a questão não é diferente, embora sejam muito raros, felizmente, casos que cheguem às chamadas "vias de fato".

Por que isso ocorre? O que fazer para evitar?

Essa questão é complexa. Por trás dela existem muitos aspectos a se considerar.

O primeiro deles talvez seja que nossas escolas não nos ensinam a discutir.

Em algumas escolas americanas, promovem-se debates para discutir assuntos gerais, de preferência assuntos polêmicos e que admitem apenas dois posicionamentos antagônicos. Por exemplo: o direito ao aborto, a eutanásia, a intervenção militar em algum país etc.

Entendo tal tipo de evento extremamente importante. Os jovens aprendem a pesquisar um assunto e defender seus pontos de vista de forma racional, embora possam usar da emoção para conquistar a plateia ou os jurados, quando da discussão pública.

No Brasil, só recentemente soube de uma escola que pratica tal forma de desenvolvimento intelectual dos seus alunos.

O que mais podemos fazer?

O público normalmente é prejudicial. Quando dois profissionais discutem em um ambiente de trabalho com plateia, não é só a escolha da melhor opção que está em jogo. Também entram aspectos de imagem como: Quem se impôs? Quem é o mais preparado? Quem venceu?

Devemos evitar, portanto, quando possível, a presença da plateia ou, pelo menos, agir para reduzi-la.

No decorrer da discussão, deve-se ficar atento para a possibilidade de estar evoluindo para o lado pessoal. São sinalizadores dessa condição: o tom de voz dos interlocutores, as referências fora de lugar (que procuram evidenciar maior experiência, maior poder) e mesmo o crescimento da tensão no ambiente. Nesses casos, se o adiamento da discussão for impossível, algum comentário racional, como a lembrança de que **todos estão procurando a melhor solução,** pode servir para reduzir um pouco a temperatura, por estarmos reconhecendo publicamente a boa intenção do nosso interlocutor.

Sintetizando, longe de mim a pretensão de elaborar um roteiro de como conduzir discussões. O que se pretende é deixar claro que as discussões são inevitáveis (e boas!) tanto em nossa vida particular como no ambiente da empresa.

Como quase tudo na vida, a prática é uma boa escola, principalmente se, depois de uma discussão, independentemente do resultado, for feita uma reflexão sobre a nossa *performance*. A visão de um amigo de confiança, eventualmente presente à discussão, também pode ser uma excelente forma de *feedback*, principalmente **se ele tem liberdade para nos dizer as verdades que precisamos ouvir.**

Modismos na Gestão

Ao longo da minha vida profissional, especialmente em Itaipu onde ocupei cargos gerenciais, assisti ao surgimento de várias novidades de gestão.

A primeira delas talvez tenha sido a Terceirização. Uma verdadeira febre! De uma forma simples, terceirizar seria transferir para outra empresa (terceira) atividade que onera a administração, seja em custos, seja em tempo, proporcionando economia ou liberação de mais tempo para a administração focar o que realmente é importante.

Na década de 80, tivemos de "mergulhar" no assunto para verificar a viabilidade e conveniência de terceirizar parte do que fazíamos. Discutia-se a possibilidade, inclusive, de incentivar equipes de empregados a abrirem empresas para executar alguma atividade que estivessem realizando, com a garantia de contratação direta por algum tempo.

Deu trabalho! Volta e meia via-me tendo de pisar no freio, posando de dinossauro, de retrógrado, para evitar exageros cobrados pela administração superior. Afinal, ficava bem terceirizar, mesmo que uma análise fria indicasse não valer a pena.

Terceirizar pode ser bom em muitos casos, mas recomendo calma com o andor.

Ajudou-me a ver que minha posição era correta uma visita de gerentes de Itaipu à Weg Motores. Impressionou-nos tremendamente a qualidade da gestão da empresa. Algumas práticas da Weg, em 1995, seriam consideradas inovadoras ainda hoje. Fomos recebidos por um diretor que era radicalmente contra a terceirização. A empresa chegava ao ponto de produzir as tintas industriais que utilizava e construir máquinas do seu processo produtivo. A filosofia vigente era verticalizar.

Posteriormente, acompanhei notícias de empresas que tiveram problemas mesmo terceirizando atividades simples, como a segurança empresarial.

Não sou contra a terceirização. Só defendo que seja feita com uma análise profunda de todas as suas implicações e riscos. Avaliar, por exemplo, qual o impacto na empresa de uma greve na empresa terceirizada.

A Análise Transacional não chegou a ser uma febre, mas teve a sua popularidade. Baseava-se no conceito de que todos temos três "seres", três personalidades, dentro de nós. O Pai, autoritário, dogmático; a Criança, emocional, criativa; e o Adulto, racional e equilibrado. Todas as três têm o seu papel. Quando em interações com colegas, chefes ou subordinados, seria útil identificar seu estado de ânimo para poder agir da melhor forma. Se, por exemplo, um subordinado está no estado de ânimo Criança, nada de ser Criança também. Para a interação ser produtiva, a postura recomendada é de Adulto ou mesmo de Pai. Preservar o lado Criança de cada um de nós também é importante, fundamental para preservar nossa criatividade.

Até hoje gosto muito da Análise Transacional e utilizo seus conceitos de vez em quando. Sinto pena de ser hoje pouco ensinada.

Acompanhei também a introdução da Reengenharia nas empresas. Também foi uma febre, embora menos intensa que a da Terceirização.

Uma rápida pesquisa na internet trouxe a seguinte definição e explicação para o que é Reengenharia:

"(...) um redesenho de processos, que envolve a readequação dos processos empresariais, estruturas organizacionais, sistemas de informação e valores da organização, objetivando uma guinada nos resultados dos negócios da organização." – ***Stair e Reynolds (2002, p. 39)***

"Basicamente, trata-se de ***repensar e reinventar*** *os procedimentos principais da organização, tais como serviço prestado ao cliente, desenvolvimento de novos produtos, cultura organizacional etc., com o objetivo claro de aumentar a produtividade por meio da* ***redução de custos*** *e do aumento do grau de satisfação do cliente." Por* ***Gustavo Periard*** *– 15 de junho, 2011*

A Reengenharia é uma ferramenta poderosa, seja para avaliar uma determinada área da empresa, seja mesmo para toda a empresa. A velocidade na qual as mudanças ocorrem no mundo atual torna esse instrumento bastante interessante. Listas das maiores empresas do passado indicam que a maioria delas saiu da relação ou mesmo desapareceu. Será que uma Reengenharia no momento certo não teria evitado isso?

A situação atual do Brasil, com enorme ineficiência nos Três Poderes, faz-me pensar que pequenas mudanças não reverterão tal quadro. Só uma Reengenharia completa do Estado poderia modificar isso.

Programas de Qualidade Total também foram febre na década de 90. Recorrendo à internet, encontramos a seguinte definição para TQC:

"O Controle da Qualidade Total – TQC (Total Quality Control) é um sistema gerencial baseado na participação de todos os setores e de todos os empregados de uma empresa no estudo e na condução do Controle da Qualidade.

Praticar um bom controle da qualidade é desenvolver, projetar, produzir e comercializar um produto de qualidade que seja mais econômico, mais útil e sempre satisfatório para o consumidor."

http://www.infoescola.com/administracao_/controle-de-qualidade-total-tqc/

As empresas formaram grupos de qualidade, treinaram pessoas nas ferramentas do método e contrataram consultorias especializadas. Muita coisa útil saiu desse esforço. A reavaliação e documentação dos processos talvez tenha sido o resultado mais importante. Grandes esforços e gastos também foram feitos na certificação de áreas da empresa ou de processos. A certificação era um diferencial! Apesar do instrumental ser muito poderoso, a impressão que tenho é que o assunto saiu de pauta. Espero que tenha sido por ter-se tornado rotina nas empresas e não por ser considerado *démodé* (fora de moda).

Por fim, a Gestão por Competência. Tomei conhecimento do assunto ao participar de um grupo de trabalho que visava implantar um programa de treinamento por competência na Itaipu. Outra ferramenta poderosa! Fundamenta-se em três dimensões: Conhecimentos (informação, saber o que, saber o porquê); Habilidades (técnica, capacidade, saber como); Atitudes (querer fazer, identidade, determinação). *Duram (1999) http://www.rhportal.com.br/artigos-rh/gesto-por-competncias/*

Na sua aplicação em treinamento, uma vez identificados o conhecimento, a habilidade e a atitude que se deseja de um grupo de empregados, é muito mais fácil programar o treinamento mais apropriado. A teoria pode ser aplicada em outras áreas, como seleção de pessoal, identificação de talentos etc.

Concluindo, recorro a uma analogia. Na indústria farmacêutica, a busca por novos medicamentos é permanente. Não significa, contudo, que todo medicamento antigo deva ser descartado. Vejo da mesma forma as novidades na gestão de empresas. Afinal, modelos de gestão não podem ser vistos como medicamentos para as empresas? Novidades na gestão não precisam, obrigatoriamente, descartar modelos mais antigos que continuam sendo úteis e deveriam continuar a ser ensinados.

Em seu artigo *Thoreau aos 200*, João Pereira Coutinho, colunista da Folha de São Paulo, comenta também os modismos e destaca de Thoreau: "Todos nós rimos das modas antigas e todos seguimos religiosamente as modas novas". (Abandonando muitas vezes o que deu certo ou o que foi bom no passado, acrescento. Amanhã, rirão de nós.)

Programas de Sugestões

A Caixa de Sugestões, ou o Programa de Sugestões, ainda deve estar sendo utilizada por algumas empresas.

Tive a experiência de estar dos dois lados. Encaminhar sugestões, como empregado, e gerenciar programas da minha área de responsabilidade. Como gerente, também pude acompanhar a efetividade do programa corporativo instituído pela empresa.

Tais programas podem ser úteis, embora algumas definições e cuidados tenham de ser tomados.

Se aceitarão sugestões anônimas?

Aparentemente, aceitá-las não procede, mas e se forem denúncias que um colaborador deseja apresentar sem se identificar? Vale a pena deixar de captá-la?

Nos diversos programas que instituímos, coletamos algumas sugestões realmente excelentes, que trouxeram resultados valiosos.

O compromisso de analisar toda sugestão recebida, em sinal de respeito a quem a deu, tem seu mérito, mas pode trazer problemas. Lembro-me de um caso, por exemplo, onde a sugestão proposta traria pouco benefício, mas sua análise exigiu um esforço enorme, gerando fortes críticas.

– Tanto trabalho importante a fazer na minha área e eu tenho de perder tempo como esta bobagem! – desabafou o gerente da área encarregada de analisá-la.

Para evitar esse problema, acredito ser importante uma análise preliminar de toda sugestão recebida. Nesta, estimaria-se o benefício que traria como Pequeno, Médio ou Grande. O mesmo seria feito com relação ao esforço, ou custo, necessário: Pequeno, Médio ou Grande.

Tal classificação permitiria priorizar a análise. Sugestões classificadas como de Benefício Grande e Esforço Pequeno deveriam ter a máxima atenção. As demais seriam consideradas à medida que houvesse possibilidade. Já aquelas na categoria Benefício Pequeno e Esforço Grande poderiam até mesmo ser convenientemente esquecidas, ou sempre adiadas.

Todos os colaboradores que encaminharam sugestões deveriam receber uma mensagem de retorno, agradecendo a colaboração e informando que as sugestões recebidas passariam por um processo de priorização e seriam analisadas no seu devido tempo.

Tive uma boa experiência também com um programa específico. Na Área de Produção, convivíamos com um problema recorrente. Abrimos um programa de sugestões tentando minimizar ou mesmo resolver esse problema. **A solução veio!**

O gerente tem também de estar preparado para enfrentar alguns problemas que podem surgir. Certa vez, recebi um conjunto de sugestões muito boas da parte de um empregado. Elogiei-o publicamente e depois recebi várias reclamações dos seus colegas. Afirmavam que as sugestões que havia apresentado na verdade não eram dele. Tratavam-se de questões que se discutia na equipe. Muita conversa foi necessária para contornar o mal-estar.

Deve haver algum tipo de premiação para as melhores sugestões? Acredito que sim! Numa empresa estatal, contudo, a autonomia dos gerentes é bem limitada, mesmo assim há espaço para premiar, por exemplo, com a inscrição num curso ou visita técnica.

Interrupção do Fluxo ou um Minutinho Só

Certo dia, Taborda, um amigo do trabalho, deu-me a cópia de um artigo recomendando-me sua leitura.

O artigo tratava das interrupções que ocorrem quando estamos trabalhando ou estudando.

Dizia que quando estamos tratando de algum assunto que exija concentração, demoramos cerca de 30 minutos para entrar no chamado "estado de fluxo". Tal estado é de alto rendimento. Nele, somos extremamente produtivos.

O problema é que uma interrupção, por menor que seja, nos tira desse estado e nos leva à situação inicial. Precisaremos de outros 30 minutos para alcançar novamente o "estado de fluxo".

Não me lembro das bases dessa teoria, mas a achei muito lógica. Comigo ocorria isso mesmo.

No ambiente de trabalho, não consegui implantar qualquer sistema para me isolar dessas interrupções do tipo "é só um minutinho", ou de um telefonema, ou comunicação via interfone, recebido na hora errada. Isso não significa, contudo, que não seja possível conseguir se isolar em certos momentos.

Creio que a maior ou menor dificuldade é em função das características da empresa e do trabalho realizado.

No meu caso particular, superava a dificuldade trabalhando após o encerramento do expediente ou mesmo em casa. Nessas ocasiões, sem interrupções, a produtividade aumentava exponencialmente.

Nesses tempos da chamada "comunicação eletrônica", penso que muito da nossa produtividade é prejudicada por mensagens via WhatsApp, e-mails ou tuítes. Tê-los sem alerta sonoro ou de vibração, deixando para vê-los em horas predeterminadas do dia, pode aumentar muito a produtividade. Que tal tentar?

P.S.: Em 20–21 de maio de 2017, o caderno *Enkontra* da *Gazeta do Povo*, principal jornal do Paraná, publicou o artigo *Não Se Iluda: Ser Multitarefas Não é* uma *Vantagem*. O artigo só confirmou essa crônica.

Aprendendo com os Outros

Nos anos 1988–1989, a Itaipu proporcionou para um conjunto de gerentes da Área Técnica o curso de Administração para Engenheiros. Bom curso, bons professores. Programação interessante. A Itaipu pagou o curso promovido pela PUC-PR nas próprias instalações da empresa. Por sua vez, as aulas ocorriam a partir das 14h de sexta-feira, indo até às 22h. Recomeçava às 08h de sábado, indo até às 13h.

Já que a empresa pagava o curso e nos cedia meio expediente para fazê-lo, nada mais justo que nós entrássemos também com horas do nosso lazer, nas noites de sexta e manhãs de sábado.

Numa das aulas, o instrutor nos informou que organizava periodicamente visitas a empresas para um grupo de ex-alunos. Era uma oportunidade para todos conhecerem novas realidades e captar ideias de iniciativas que poderiam trazer para sua empresa.

Achei a ideia superinteressante. Mais tarde, aproveitando que o gestor do RH da empresa, Edgar Eckelberg, era um empreendedor, um parceiro e estava sempre acessível para novas iniciativas, programamos uma experiência piloto dessa natureza.

Coordenei o primeiro grupo. Saímos de ônibus de Foz do Iguaçu e visitamos quatro empresas do Paraná e Santa Catarina. Uma delas apenas similar à nossa, de produção de energia.

Treinamento de baixo custo, com excelentes resultados.

Até hoje lembro-me de muitas coisas que pude ver naquelas empresas que ampliaram minha maneira de pensar.

Trouxemos também para a Itaipu algumas propostas que puderam ser implantadas. Uma delas, por exemplo, assegurar que todo empregado da empresa tivesse curso básico completo. Mais tarde, se não me engano, estendeu-se ao ensino médio. Com isso, a qualificação dos empregados atingiu um novo e importante patamar.

O programa continuou por mais dois anos.

Acabou sendo extinto, talvez por dois motivos. Seu encarecimento, já que as visitas passaram a ocorrer em SP, implicando gastos com passagens aéreas, estadias e alimentação mais caras, e também pela ação de alguns detratores – como sempre existe em qualquer meio! – que jocosamente passaram a difundir a maledicência de que havia sido criada uma Itaiputur.

Uma pena!

O programa era utilíssimo. Conhecer novas realidades empresariais sempre é positivo. No caso da Itaipu, mais importante ainda, pois boa parte dos seus gerentes nunca tinha trabalhado em outra empresa. Além disso, como os treinandos eram brasileiros e paraguaios, o programa ainda ajudava a melhorar o relacionamento entre nacionais dos dois países, muito útil em uma empresa Binacional.

Aprendendo com os Outros 2

Na época que o setor elétrico nacional era constituído por praticamente só empresas estatais, foi criado o GCOI (lê-se: "G", "C", "O", "I"), Grupo Coordenador da Operação Interligada. Sinteticamente, cabia ao Grupo estudar a operação futura do sistema, planejando o que fazer para que esta se desse da forma mais confiável possível, com os menores custos.

Talvez a criação desse Grupo tenha tomado por modelo o que existia na América do Norte, mas as atividades do GCOI eram bem mais amplas do que as realizadas no grupo estrangeiro.

O GCOI era constituído por Subcomitês, Grupos e Comissões. Tive a oportunidade, quando engenheiro de Furnas Centrais Elétricas, de participar de vários desses grupos.

Gostei especialmente de participar do GTEE (lê-se: "G", "T", "E", "E"). Cabia a esse grupo estudar assuntos novos e difundir o conhecimento obtido pelas empresas do setor elétrico. Também atuava criando Regras e Normas.

O mais interessante era que sempre iniciávamos um estudo, ou o estabelecimento de uma nova norma, fazendo um amplo levantamento das práticas de outras empresas no exterior naquele tema. Os benefícios que encontrávamos nesses levantamentos eram fantásticos! Não nos restringíamos a copiar o que os outros faziam, mas mesmo melhorar, com base no nosso conhecimento e experiência e na realidade nacional, as práticas internacionais.

Quando no meu curso de mestrado, anos antes, tive um professor, um americano de idade avançada, que tinha enorme experiência no setor elétrico dos EUA. Contou-nos uma vez que uma grande empresa quis entrar na área de produção de *softwares* para o setor elétrico. Não quis saber o que já existia, alegando que não queria se deixar influenciar. Optou por partir do zero em tudo. **Foi um retumbante fracasso!**

Na minha vida profissional, observei várias besteiras sendo feitas – algumas enormes! – por não se levantar práticas de outras empresas ou lugares. Além disso, na nossa vida de cidadão, quantas bobagens vemos ocorrer via regulamentos ou leis que são feitas sem usar o conhecimento e a experiência dos outros? Lembram-se do *Kit* de segurança obrigatório nos veículos, uma tesourinha e uma luva?

Recentemente, no programa *Morning Show*, da Jovem Pan, o excelente, apesar de muito jovem, analista político Caio Coppolla declarou-se Conservador. Esclareceu que Conservador não é quem não quer mudanças e sim quem as faz sem desprezar a experiência e o conhecimento passado, acumulado.

Considerando tal definição como correta, tenho plena convicção de que o melhor é sermos conservadores. Vamos sempre ficar atentos à necessidade de mudanças, mas nada de desconsiderar o passado.

Este é um Problema para o RH!

OU

Vamos Levar Este Problema para o RH.

Ouvi muitas exclamações desse tipo de alguns colegas gerentes.

Sempre discordei dessa visão da RH. Algumas vezes mesmo, em seminários gerenciais, surpreendi muita gente ao me apresentar como "gerente de recursos humanos" e não gerente da Operação.

Afinal, comandando uma equipe de mais de 300 pessoas, sempre entendi que meu trabalho principal era o de gerenciar pessoas e, portanto, gerenciar recursos humanos.

– E a área de RH como é que fica? – alguns podem perguntar.

A área de RH é sem dúvida uma área essencial de uma empresa. Para mim, é difícil imaginar como uma empresa de grande porte pode ser bem-sucedida sem ter uma eficiente área de RH.

– Mas se os gerentes são gerentes de recursos humanos, tem sentido área de RH? – podem perguntar.

–Tem sim!

Além das atividades básicas, mas essenciais, da área de RH corporativa da empresa, como cadastro de pessoal, contracheques etc., um RH eficiente atua como consultor interno das demais áreas no que se refere à gestão de recursos humanos.

Uma área de RH eficiente cuida de estar atualizada com o que existe de mais moderno em tópicos como seleção de pessoal, treinamento e desenvolvimento e avaliação das equipes; e, em parceria com as demais áreas da empresa, implantar os programas identificados como úteis.

Defendo, portanto:

– Que todos os gerentes da empresa que comandam equipes assumam seu papel de "gerentes de RH". Nada de fugir de situações ou problemas envolvendo gestão de pessoal com a desculpa de que isso cabe ao RH.

– Que os gestores da área de RH tenham formação sólida e se mantenham constantemente atualizados. Preparem-se para as atividades de consultores internos e tenham a humildade e sapiência de criar parcerias com as demais áreas para desenvolver novos programas.

Sobre o tópico acima, cabe ainda alguns comentários. Tive a oportunidade de conviver com Programas que "caíram do céu", desenvolvidos sem interagir com seus clientes. Normalmente, estes estão fadados ao fracasso, seja por não considerarem o "mundo real", seja pela má vontade que despertam dos clientes. Ninguém, especialmente os profissionais de boa formação, gosta de "prato feito".

Por outro lado, tive a oportunidade de participar de novos projetos nos quais o RH – liderando um processo que contava com a participação de vários gerentes da empresa e contando com o apoio de consultores externos altamente especializados – desenvolveu excelentes programas. É este o caminho!

Nem Sempre, Nem Sempre...

Ricardo Semler, empresário e autor de livros sobre gestão, comentou em um de seus livros que as informações para ele mais importantes dos jornais que lia apareciam sob a forma de notícias sem destaque, normalmente distantes das páginas principais.

Concordo com ele!

Um exemplo disso é uma matéria de edição recente da *Gazeta do Povo*, com o título *Nem Sempre Duas Cabeças Pensam Melhor que Uma.*

A matéria, um texto curto escondido na seção Ciência, referia-se a um estudo recém-publicado na revista *Science*. Este concluía que "discutir um assunto com outra pessoa antes de tomar uma decisão só vale a pena se a conversa for franca e se ambos os interlocutores tiverem o mesmo nível de competência".

Tal conclusão merece uma boa reflexão.

Na vida das empresas, é comum observar diversas situações em que uma tentativa de aumentar a participação dos gerentes numa dada decisão importante resulta numa má decisão. Gerentes de nível de conhecimento bastante distintos sobre um determinado assunto são reunidos ou mesmo formam um grupo de estudos para discutir uma questão. Ao fazer isso, enfraquece-se a posição dos que realmente entendem do tema, havendo o risco de uma tentativa de consenso resultar numa má decisão. Em alguns casos, o adágio "O camelo é um cavalo gerado por consenso em um grupo de trabalho" parece mesmo muito oportuno.

Sair de uma sinuca dessas na vida de uma empresa, sem sacrificar uma gestão participativa – sempre salutar! –, não é impossível. Uma alternativa interessante nesses casos é procurar identificar aqueles que realmente conhecem bem o tema e solicitar a eles que formulem uma proposta. Esta pode ser submetida como uma proposta inicial à avaliação de um maior número de pessoas para analisá-la e comentá-la. Aí sim teríamos um processo participativo mais seguro e efetivo. Os especialistas no tema formulam uma proposta e abre-se a participação para os menos conhecedores que podem mesmo contribuir com visões bastante úteis.

Pós-Operação Vale a Pena!

Na Área de Operação das empresas do setor elétrico, há uma atividade denominada Pós-Operação.

Essa atividade consiste em examinar como decorreu a operação, identificando problemas e oportunidades de melhoria. São feitas análises com diversas periodicidades, por exemplo, Diária, Mensal, Trimestral, Semestral e Anual.

Para que tanto?

É importante sim! Existem problemas detectados numa análise do dia anterior que podem ser resolvidos rapidamente, de imediato. Por outro lado, alguns problemas só podem ser detectados ao se avaliar um período mais amplo, um trimestre, um ano.

Esse assunto não é muito específico? Por que trazê-lo para um livro como este?

Estou convencido de que temos muito a ganhar com uma "Atividade Pós".

Por exemplo, uma empresa realiza um grande projeto. Após concluí-lo, que tal dispender algum esforço para identificar o que deu bom resultado e deve ser mantido em futuros projetos e o que precisa ser melhorado?

Uma empresa pública realiza uma licitação. Que tal, após seu término, avaliar que lições tem a extrair para aplicar nas próximas?

Num escritório de advocacia, terminado um processo, que tal avaliar aspectos como: Fizemos nosso melhor? O que deveríamos ter feito diferente se soubéssemos o que sabemos agora? Faltou-nos conhecimento ou informação em algum assunto? Há alguma lição a aprender com o que ocorreu?

O conceito básico é aprender com os erros e os acertos, instituindo uma política de aprimoramento contínuo. Disseminar também na empresa essas lições para outras áreas que podem ter atividades semelhantes. Que tal pensar no assunto na sua área de atividade?

Falando de Erros...

Quando um jogador erra ao bater um pênalti, imediatamente fica-se sabendo.

Quando um piloto de avião erra uma manobra, é quase certo, especialmente se ocorrer um acidente, que a falha será detectada.

Quando um operador de usina toma uma decisão errada, ou erra numa ação operativa, é bastante provável que imediatamente se evidencie isso. Na pior das hipóteses, o erro será detectado na análise pós-operativa.

Essa detecção do erro não é característica de toda atividade humana.

Erros, muitas vezes de enormes consequências para um grupo de pessoas, uma nação ou mesmo em nossa sociedade globalizada, afetando todo nosso mundo, podem ocorrer sem maiores consequências para quem os cometeu, ou, até mesmo, sem que se evidencie quem é o responsável.

A questão da responsabilidade é importante por uma série de razões.

A despreocupação com a responsabilidade quanto a erros pode levar a atitudes irresponsáveis. (Afinal, não estou correndo qualquer risco...)

No caso de homens públicos, podem levar a que um mau gestor seja reeleito, apesar de sua inabilidade gerencial (não quantificada nem qualificada).

Vejamos alguns exemplos.

Na época do regime militar, erros e acertos estratégicos quanto ao desenvolvimento do país foram cometidos. No caso dos primeiros, atribuir, por exemplo, toda a responsabilidade quanto à decisão que levou ao Programa Nuclear Brasil-Alemanha ao Presidente Geisel seria injusto. Apesar de ter parte da responsabilidade por esse erro estratégico, quem foram os que defenderam junto a ele a necessidade urgente daquele Programa?

Anos atrás vivemos o episódio da âncora cambial do Real. Hoje em dia, creio estar evidente que a manutenção de um câmbio artificial, por tanto tempo, foi altamente nociva ao país.

Será que o então o presidente do Banco Central foi o único culpado?

Que outros responsáveis existiram que, por não terem sido identificados, continuaram participando ou sendo ouvidos na gestão econômica do país?

No nível mundial, evidenciou-se que o *Consenso de Washington* não era uma verdade universal. Quais os responsáveis por esse erro de avaliação que, imposto a muitos países, contribuiu para aprofundar seu atraso?

Certa vez, numa entrevista, Joseph Stiglitz, ex-economista-chefe do Banco Mundial e ex-professor de Oxford, MIT, Stanford, Yale e Princeton, avaliou como catastrófica a resposta do FMI à crise econômica ocorrida nos anos anteriores. Segundo ele, os "remédios" prescritos pelo FMI não só não eram adequados, como solaparam o "tecido social dos países do Leste Asiático".

A questão é complexa e não se resume a identificar responsáveis por erros e puni-los com a perda de cargo, por exemplo.

Antes de mais nada, é importante reconhecer que **erros fazem parte da natureza humana.**

Punir ou desqualificar alguém, *a priori*, em função de algum erro cometido é bobagem.

Como diziam tanto o presidente Roosevelt como o escritor do prêmio Nobel Bernard Shaw, "**O homem que nunca cometeu um erro, nunca fez coisa alguma**".

Já a *Fidelity Investments*, com ativos de 200 bilhões de dólares, estabelecia o seguinte conselho a seus executivos: "**se não está cometendo erros, você não está se aventurando o bastante**".

Na nossa sociedade, a penalização de erros ocorre de forma muito variável. Em alguns casos, sacrificam-se profissionais ou administradores que cometeram erros absolutamente aceitáveis. Talvez essa seja uma das razões que levam um político em cargo executivo a ter tanta preocupação com a eleição do seu sucessor. Certamente, erros terão sido cometidos em sua gestão (em qualquer gestão!). Se o sucessor for um adversário...

A questão do erro não é, portanto, não o aceitar. Importante, porém, na avaliação de um gerente, é efetuar-se o acompanhamento da frequência e gravidade dos erros cometidos. Isto sim é que pode ajudar a definir quais os gerentes mais competentes.

Deve-se ver ainda que a mera observação do resultado financeiro não é o único parâmetro a se considerar, mesmo em empresas privadas voltadas ao lucro.

Mesmo que a gravadora Decca possa ter dado lucro na década de 60, isso não apaga o fato de terem rejeitado a contratação dos *Beatles*.

No mercado financeiro, muitos defendem que a remuneração dos gerentes deve ter um horizonte maior que um semestre, pois bons resultados (e polpudas participações nos lucros) no curto prazo podem ser consequência de uma gestão temerária de longo prazo.

Aceitando-se essa argumentação, o que pode ser feito no ambiente empresarial?

Particularmente, aprecio muito o que o presidente Lincoln fazia quando de decisões difíceis, segundo o escritor Gore Vidal, autor de uma ficção biográfica desse grande presidente.

Nessas ocasiões, o presidente Lincoln pedia que cada membro do seu secretariado opinasse por escrito, justificando sua posição. Tais documentos eram guardados pelo próprio presidente. Posteriormente, possibilitaria identificar quem havia sido contra uma má decisão, assim como quem foi contra uma decisão boa. Útil para pôr no devido lugar aqueles que diriam "Eu falei!", referindo-se a uma só decisão tomada, não é mesmo?

Numa empresa cuja política é desenvolver seus próprios gerentes, tal prática poderia se revelar bastante interessante. Ao se avaliar, por exemplo, qual o candidato "da casa" seria mais qualificado para ocupar uma nova posição, que tal consultar seu histórico de posicionamentos sobre problemas enfrentados no passado?

No caso de avaliação de políticos e homens públicos, tal papel poderia ser desempenhado pela mídia isenta. Como eleitores, dependeríamos dessa mídia para nos lembrar do histórico de gestões anteriores dos candidatos.

Orçamento Probabilístico? Por que Não?

Provavelmente, todo gerente numa grande empresa já teve de se envolver com a elaboração de orçamentos empresariais.

Normalmente, a orçamentação é feita com base em um modelo desenvolvido pela área financeira da empresa, sem discussão com as demais áreas.

Não é raro ocorrerem grandes desvios entre o orçado e o realizado, com as consequentes cobranças.

Na área de engenharia na qual atuei, a utilização de técnicas probabilísticas era parte da nossa rotina. Após muitos anos elaborando orçamentos, convenci-me de que a maior parte dos desvios devia-se ao método utilizado e não à nossa falta de empenho.

Éramos, portanto, "cobrados" pelos resultados da aplicação de um método falho que nos era imposto!

Ao elaborar um determinado projeto, seria muito mais correto, em vez de associar a ele apenas um valor monetário, associarmos, com base na experiência da área, vários valores, com as suas respectivas probabilidades. A composição da previsão de despesas de uma área, com dezenas de projetos, seria obtida com o mero tratamento probabilístico da orçamentação dos diversos projetos.

Os resultados seriam muito mais abrangentes e confiáveis, e a solução técnica muito mais adequada.

Exemplificando:

Na tabela a seguir, encontra-se uma síntese de um planejamento real consistindo em dez projetos, com as respectivas expectativas de realização dos itens orçados. Tais expectativas foram estimadas pelo pessoal responsável por cada projeto, com base na sua experiência quanto aos desvios prováveis.

1 - Planejamento	**2 - 10^3 US$**	**3 - Expectativa de realização**				
Conjunto de projetos (Somatório dos dez projetos)	3.001,3	0–20%	20–40%	40–60%	60–80%	80–100%
Projeto 1	598,0	-	-	-	10	90
Projeto 2	426,0	-	20	20	50	10
Projeto 3	6,6	-	-	-	-	100
Projeto 4	581,5	-	10	10	70	10
Projeto 5	320,8	-	30	50	20	-
Projeto 6	535,0	-	10	40	50	-
Projeto 7	100,0	-	-	-	70	30
Projeto 8	260,0	20	50	30	-	-
Projeto 9	100,0	-	-	20	40	40
Projeto 10	73,4	10	20	50	20	-

Com base na tabela de expectativa de realizações dos projetos, aplicou-se a técnica probabilística, obtendo-se a **F**unção de **D**istribuição de **P**robabilidades a seguir:

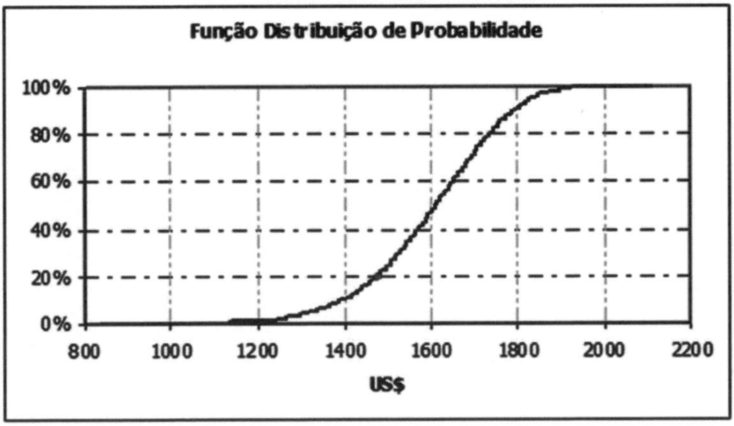

Uma avaliação tradicional, simplista, como se faz atualmente, indicaria uma previsão de gastos anual de aproximadamente três milhões de dólares. Já os valores obtidos com base na figura permitiriam conclusões do tipo: 50% de chance de os gastos situarem-se abaixo de 1,6 milhão de dólares; 95% de chance de os gastos situarem-se abaixo de 1,8 milhão.

Estou convencido de que a aplicação de um método probabilístico para a orçamentação leva a resultados bem mais precisos. Os testes de sua aplicação mostram que sua aplicação é bastante simples. A dificuldade é convencer nossos colegas da área financeira que isso não é maluquice de engenheiro.

Que tal então experimentar esse método na próxima orçamentação que tiver de fazer?

P.S.: Agradecimento aos colegas Rui Jovita e Jercemil Ribeiro pelo tratamento estatístico dos dados. Destaque-se ainda que as estimativas podem ser bem mais requintadas, aprimorando ainda mais os resultados.

A Nova Roupa do Rei

Adoro essa fábula, de Hans Christian Andersen, e volta e meia vejo situações onde ela cai como uma luva. Afinal, luva é roupa, não é mesmo?

Relembrando-a sucintamente, um rei muito vaidoso recebeu a proposta de um charlatão. Este disse que lhe faria uma roupa maravilhosamente bela, mas que apenas as pessoas inteligentes a veriam.

O rei adorou a proposta e a encomendou. O charlatão recebeu joias e fios de ouro para a confecção do traje e os embolsou. O rei resolveu desfilar com a nova roupa, que ele e seus cortesãos fingiram enxergar para não passarem por pouco inteligentes.

Desfilou nu pela cidade, numa grande parada, recebendo comentários elogiosos da multidão. Afinal, todos queriam parecer inteligentes. Até que um menino, sem os preconceitos dos adultos, gritou: "O rei está nu!".

A gargalhada foi geral!

Muitas vezes na vida é possível observar situações como essas. Elogia-se temas, músicas, obras de arte ou pessoas, e a "multidão" sente-se na obrigação de defendê-los para não parecer inculta, ignorante, conservadora, preconceituosa ou outras designações desse tipo.

Quantas vezes tive inveja do menino, desejando poder gritar como ele:

"O rei está nu!"

O articulista Francisco Escorsim, do jornal *Gazeta do Povo*, escreveu uma série de artigos com o título *A Cultura do Estupro da Cultura*.

Em um deles, citava inúmeros casos de itens avaliados como arte que ferem o bom senso. O mais contundente é o urinol que Marcel Duchamp enviou para um concurso artístico e que, no ano de 2004, foi considerado a "obra de arte mais influente do século XX pelo júri especializado do prestigiado Prêmio Turner".

Não dá para acreditar. Espero que o articulista tenha se enganado.

Caso realmente tenha ocorrido, fez falta o menino da fábula, na premiação, para gritar:

"Mas é um penico!!!"

A *Coluna do Leitor* da *Gazeta do Povo* do dia seguinte sintetizou e publicou minha carta a esse respeito: "Sobre a coluna de Francisco Escorsim, a fábula *A Roupa Nova do Rei* deveria ser leitura obrigatória nas escolas. Talvez isso evitasse a imposição de tanta besteira como arte".

Insubstituíveis

Sempre me incomodou o comentário que ninguém faz muita falta.

Às vezes, no ambiente de trabalho, ouvia: "Fulano saiu da empresa. Que diferença isso fez?".

Sempre achei que a "coisa" não era bem assim.

Certo dia, para desabafar, escrevi um artigo sobre isso.

"De insubstituíveis o cemitério está cheio!"

Esse pensamento, extraído da sabedoria popular, encerra uma grande verdade!

Por outro lado, temos de tomar cuidado com ele!

Na maioria das vezes que ouvi alguém fazer essa citação, não concordei com o contexto que se queria sintetizar.

Levada ao extremo, pode caber em visões bastante derrotistas.

O universo tem 200 bilhões de galáxias, a Via Láctea, 100 bilhões de estrelas, a Terra tem três bilhões de espécies, o homem é uma dessas espécies, e existem mais de seis bilhões de seres humanos (Mario Cortella, 2006). Sendo assim, que diferença eu posso fazer, afinal?

Sempre pensei diferente!

Acho que todos, com seu trabalho e suas ações, têm condições de poder fazer a diferença.

Deixando de lado esses aspectos mais filosóficos da questão, passemos a vê-la aplicada a empresas.

Equipes de trabalho são constituídas por grupos de pessoas. Nenhuma equipe é exatamente igual à outra, pois seus membros são pessoas diferentes.

Se alguém é substituído, a equipe se transforma para melhor ou pior. Algumas vezes, a transformação pode ser pequena, noutros casos, imensa.

Os resultados obtidos por uma equipe são função de fatores externos e internos.

Vamos nos concentrar nos fatores internos.

Além do papel primordial do líder da equipe, também é fundamental as características individuais dos seus membros componentes. Inteligência, conhecimento, criatividade e pró-atividade (uma qualidade que sempre valorizei muito) são exemplos de algumas habilidades que fazem com que um time se diferencie de outro.

É fundamental a um bom gerente conhecer bem a sua equipe e identificar aqueles com talentos especiais. No caso destes, devemos fazer o máximo esforço para mantê-los em nosso time.

Nos últimos anos, muitas empresas administraram programas de incentivo à demissão, seja para reduzir seu quadro, seja para oxigená-lo. Em muitos casos, não houve o cuidado básico com a preservação dos seus talentos, seja porque não os tinha identificado, seja porque, afinal, "ninguém é insubstituível!".

Com isso, perdas de grande magnitude ocorreram, na maioria das vezes passando desapercebidas da alta administração. Muitas vezes, incentivou-se o desligamento de um empregado de altíssimo nível de conhecimento ou responsável pelas principais soluções de problemas, ou que desempenhava um importantíssimo papel na manutenção do moral da equipe, numa postura aparentemente suicida por parte da empresa.

A reflexão final que deve ser feita é que devemos nos mirar no exemplo dos treinadores esportivos. Um bom treinador conhece bem a sua equipe e sabe quais os jogadores que deve preservar – a todo custo! – para conseguir bons resultados.

Juvenal Ouriço é Competente?

Antes de tudo, um esclarecimento. Juvenal Ouriço é um personagem do escritor Carlos Eduardo Novaes. Prefiro usar esse nome aos antigos Fulano, Beltrano ou Sicrano.

Muitas vezes, em conversas no trabalho, recebi uma indagação deste tipo:

– Juvenal Ouriço é competente?

Noutras vezes, ouvia afirmações da forma:

– Juvenal Ouriço não é competente!

Ou, com pessoas mais assertivas:

– Juvenal Ouriço é um incompetente!

Por fim, uns mal-educados chegavam a dizer:

– Juvenal Ouriço é uma besta, uma anta!

Nunca gostei disso!

Sempre achei que a competência é um atributo específico e não genérico.

Incompetente em quê? Incompetente para qual atividade?

Einstein certamente seria incompetente num campo de futebol, enquanto Cristiano Ronaldo é um gênio. Por sua vez, até Pelé seria incompetente para dar uma aula de Física, não é mesmo?

"Cada um no seu quadrado", como determina a sabedoria popular.

Com exceção daqueles dez do pensamento de caboclo do meu avô materno, todo ser humano é competente em algumas coisas e incompetente noutras.

(Pensamento de caboclo muito usado pelo meu avô: "Deus ponhô gente pra tudo no mundo e ainda sobraram dez pra comer merda". Fique certo de que você conhecerá alguns desses dez na sua vida.)

Quando era já um profissional maduro, tive a oportunidade de conhecer o Modelo de Competência utilizado, por exemplo, em seleção de pessoal ou em treinamento.

Gostei! Fundamentava teoricamente aquilo que achava certo.

Grosso modo, que os especialistas em Recursos Humanos perdoem minha imprecisão (imprecisão, não incompetência), Competência baseia-se em Conhecimento, Habilidade e Atitude. Ou ainda, CHA para quem quiser memorizar.

Conhecimento é o SABER, Habilidade é o SABER FAZER e Atitude é o QUERER FAZER.

Talvez fique mais fácil com exemplos reais.

Uma grande amiga fez um curso de Didática. A professora era doutora no assunto, mas os alunos dormiam em sua aula... CONHECIA profundamente o assunto, mas não tinha HABILIDADE, não sabia utilizar na prática o que conhecia.

Quanto à Atitude, quem não conheceu um professor que conhecia o tema, sabia ensiná-lo, mas não tinha mais saco. Pecava na ATITUDE.

Recomendo, portanto, cuidado para não rotular alguém, genericamente, como Incompetente ou mesmo Competente.

Pensem sempre: Competente para quê?

Os Gerentes e o Jogo de Xadrez

Várias formas são utilizadas para classificar o comportamento dos gerentes.

Por exemplo:

Autoritário ou Democrático.

Centralizador ou Descentralizador.

Corajoso ou Temeroso.

Seguro ou Inseguro.

Competente ou Incompetente (comentarei isso mais adiante).

E por aí vai...

Tendo trabalhado por mais de três décadas em grandes empresas, tive, como é natural, oportunidade de conviver com gerentes de vários tipos.

Foram chefes, gerentes do mesmo nível hierárquico e subordinados em função gerencial.

Acabei achando interessante desenvolver outro tipo de classificação: jogador de xadrez tradicional ou jogador de "xadrez rápido ou relâmpago"?

No xadrez rápido ou relâmpago, todos os lances devem ser feitos num pequeno intervalo de tempo, algo como 15 minutos para cada jogador.

O fato de não ser jogador e mesmo ter conhecimento apenas rudimentar do jogo, não comprometeu minha proposta de classificação.

Grande apreciador de cinema, assisti a vários filmes em que os personagens eram jogadores de xadrez, o que me permitiu estabelecer essa classificação peculiar.

Jogadores de xadrez tradicional são grandes pensadores. Gerentes assim classificados gostam de estudar a fundo um problema, examinando-o em seus vários aspectos. Muitas vezes solicitam dados adicionais da questão, o que, embora possa atrasar sua solução, em contrapartida, pode também levantar aspectos novos que poderiam não estar sendo observados. Frequentemente são criticados por demorarem muito a tomar uma decisão.

Já os jogadores de "xadrez rápido ou relâmpago" são aqueles que disputam partidas em que o tempo de mover as peças é extremamente curto. Têm de pensar rápido e tomar a melhor decisão possível naquele pequeno intervalo de tempo. Gerentes com essa característica são aqueles que tomam decisões rapidamente. Podem errar ao fazer isso, mas dificilmente deixarão uma questão sem uma decisão em curto prazo. Muitas vezes são criticados por terem sido precipitados, não tendo observado que o assunto era mais complexo do que pensavam.

Enquanto um gerente do tipo enxadrista tradicional resolveria cinco problemas numa semana, o tipo enxadrista de partidas rápidas resolveria 20. A questão que se coloca é, entretanto, qual seria a taxa de acerto de cada um? Qual seria o custo de atrasar o equacionamento de problemas contra o custo de uma decisão errada?

Poder-se-ia pensar que o ideal seria um gerente que combinasse ambas as características, de enxadrista tradicional para problemas complexos e de enxadrista de partidas rápidas para problemas simples ou urgentes.

Minha experiência pessoal, contudo, é que por mais que se persiga isso, é difícil um gerente vestir ambas as roupagens. Suas características pessoais acabam influenciando a condução dos assuntos.

Poder-se-ia perguntar:

– O que é melhor, ter um gerente de um ou outro tipo?

Minha resposta é:

– Depende da área!

Indicar alguém com característica de jogador tradicional para uma área que demanda muitas decisões, mas que a complexidade dos problemas não é grande, seria um estrago. Por sua vez, o contrário também seria verdadeiro. Seria temerário indicar alguém com característica de jogador de partidas rápidas para uma área onde as questões são complexas e demandam análises aprofundadas.

Estabelecido isto, volto à questão adiada do gerente competente ou incompetente.

A competência ou incompetência não pode ser avaliada de forma genérica, mas sim específica. Competente para o quê? Incompetente em quê?

A Teoria da Competência, o conhecido CHA (C – Conhecimento, H – Habilidade e A – Atitude), fundamentou teoricamente minha visão da questão Competência.

Avaliados o Conhecimento e a Habilidade de um gerente, assim como sua Atitude, aí sim poder-se-ia avançar na sua avaliação, também considerando outros parâmetros como os resultados da área, a conjuntura, o clima organizacional.

Paternidade de Ideias (Autoria)

Quando estava cursando a faculdade, tive conhecimento de um conflito envolvendo professores com relação à autoria de uma proposta inovadora ou invenção. Mais de uma vez, ouvi acusações sobre roubo de ideias.

É muito comum vermos discussões de políticos quanto à "paternidade" de algum projeto de lei ou conquista.

No ambiente de trabalho, tive a oportunidade de assistir a alguns episódios dessa natureza. Em alguns casos, inclusive, senti-me incomodado por não ter meu papel devidamente reconhecido em algum evento bem-sucedido de destaque.

Sem dúvida, em algumas situações evidencia-se a existência de má-fé. Na grande maioria dos casos, entretanto, o que ocorre é fruto de uma analogia errada com a paternidade biológica.

Uma das minhas realizações profissionais, que me orgulha bastante, foi a criação do Bosque do Trabalhador de Itaipu.

Como gerente, acompanhei muitas solenidades de plantio de árvores por personalidades que visitavam a empresa em um "Bosque dos Visitantes". Nessas ocasiões, sempre me questionava sobre o reconhecimento que a Itaipu deveria também fazer aos empregados, afinal, fundamentais à sua existência.

Fiz várias tentativas para viabilizar o projeto, só implantado anos depois da ideia original. Por meio dele, todo empregado que completa um determinado número de anos na empresa é convidado a plantar uma árvore no Bosque do Trabalhador, situado num local excepcionalmente bonito dentro das instalações da Central. A cerimônia anual de plantio é linda. Ao pé de cada árvore é fixada uma placa com o nome do empregado, em reconhecimento a seus serviços. A proposta é estabelecer um vínculo permanente entre a empresa e cada um dos seus empregados.

Nesse caso, a paternidade foi atribuída a mim e a um colega que participou da primeira tentativa de "venda" da ideia.

Seria injusto, contudo, considerar só nós dois como responsáveis. Muitos colegas e diretores abraçaram a causa e ajudaram a aprimorá-la e torná-la realidade. Sem eles, a proposta não vingaria.

Tal exemplo serve para justificar a questão da analogia biológica errada, anteriormente mencionada.

Na biologia, a maioria dos seres é fruto da ação de um par. Habituamo-nos com essa ideia. Dessa forma, automaticamente, ao vermos uma grande realização, pensamos em quem é seu "pai".

No mundo corporativo, na sociedade em que vivemos, em nossa comunidade, as coisas não são assim tão simples.

Antes de mais nada, uma ideia brilhante pode ser fruto de um trabalho coletivo, um *brainstorming*, por exemplo.

Mesmo nos casos em que uma única pessoa tenha sido o "pai" da ideia, muitas vezes é injusto atribuir-lhe todo o mérito. Como ficam, por exemplo, a gerência que acreditou e alocou os recursos necessários para implantá-la? E o grupo que acreditou, aperfeiçoou, comprometeu-se e ajudou a torná-la realidade?

Em muitos casos, é possível constatar que a ideia só se transformou em realidade pela atuação de um conjunto de pessoas. **O "pai" da ideia pode ser um só, mas, ao contrário da biologia, podem ser muitos os "pais" da realização.**

Falando de Motivação

Afinal, o gerente é ou não é responsável pela motivação da sua equipe?

Anos atrás, ao ler o livro *Por que os Subordinados Nunca Fazem Exatamente o Que Se Espera Deles?* – por sinal excelente! –, encontrei a informação de que os psicólogos organizacionais estavam divididos no que se refere à motivação. "Esta vem de dentro ou de fora de cada indivíduo?", ou seja, a motivação se deve a fatores externos ou são íntimos, de cada pessoa?

Desde então tenho refletido sobre o assunto, procurando observar, na vida real, especialmente no ambiente de trabalho, quais os fatores que atuam sobre alguém excepcionalmente motivado ou desmotivado.

Num curso gerencial a que tive a oportunidade de assistir, foi apresentada uma proposta muito interessante. Esta reconheceria a existência de ambos os fatores, externos e internos, dividindo os externos em dois: causados pela empresa ou pela gerência.

Seria algo como:

Fatores internos: automotivação

Estão associados à moral e à ética, ao desejo de ajudar, à missão de vida que cada pessoa estabelece para si mesma.

Fatores externos corporativos:

Estão relacionados ao salário e benefícios, recompensas que a empresa oferece, oportunidades de crescimento, igualdade de tratamento etc. Mais do que motivarem os empregados, atuam como fatores de desmotivação, caso apresentem problemas.

Fatores externos associados ao gerente (Atitude do Gestor):

Esses fatores referem-se ao estilo do gerente, mais ou menos adepto à gestão participativa, praticante da escuta ativa ou não, dado ou não a manifestações de *feedback* e reconhecimento do bom trabalho, colocação de desafios à equipe (perguntar: o que propõe?) etc.

Um aspecto muito interessante da motivação que pode ser propiciada pelo gerente é que esta "não custa nada". Praticar gestão participativa, dar *feedback* e reconhecer o trabalho bem feito e a dedicação têm custo zero para a empresa. Por que então não a praticar?

Curitiba e o Sapo

Uma história bastante batida, pelo menos numa dada época, mas necessária para ilustrar o assunto deste ensaio, é a do sapo na panela.

Cabe observar que esse sapo na panela não tem nada a ver com algum prato exótico dos habituais e excelentes Festivais Gastronômicos de Curitiba.

Conta a lenda que se jogarmos um sapo numa panela de água fervendo – se é que é possível ainda, no tempo do politicamente correto e do patrulhamento ao que se fala ou escreve, fundamentar uma tese com uma malvadeza destas: Sapo na panela! –, o sapo imediatamente pula fora, escapando com pequenas queimaduras.

Se, contudo, colocamos o sapo na panela com água e vamos gradualmente aquecendo-a, o sapo, quando cair em si que a água passou do ponto, já estará morto.

Pergunto-me se nós curitibanos, tanto os nascidos aqui como os que escolheram esta cidade para viver e criar raízes, como eu, não estamos na posição do sapo que gradualmente vai sendo aquecido.

Curitiba, para muitos de nós, é uma cidade que conseguiu unir o melhor dos trópicos com o melhor do primeiro mundo. Simpatia e alegria do brasileiro, com a educação e a responsabilidade do europeu.

Temos várias iniciativas exemplares que merecem nosso envaidecimento. Nosso Festival de Teatro, o já citado Festival Gastronômico, nosso transporte público e a coleta de lixo seletiva que foram exemplos por muito tempo, embora essas duas últimas iniciativas estejam necessitando de reformulação.

Vários são os destaques.

Parece-me, entretanto, que gradualmente estamos perdendo isso.

Há poucos anos, repercutiu na cidade o triste episódio da motorista que quase agrediu uma cadeirante num supermercado por esta ter "ousado" chamar sua atenção para a ocupação ilegal da vaga destinada a pessoas com limitações. O caso não era o único. Infelizmente, são muitas as reclamações na mídia local de falta de civilidade no uso das vagas especiais e nos assentos do nosso transporte público.

Aliás, nem precisaria haver esses assentos em nossos ônibus, não é mesmo? A educação e as boas maneiras não tornam mandatório que os mais jovens e os de melhor condição física cedam os lugares aos mais idosos, às gestantes e às pessoas com limitações?

Não deveríamos ser mais cordiais e educados no trânsito? Buzinar demais, até mesmo às altas horas e nas proximidades de hospitais, não deveria estar excluída das práticas da população civilizada?

E as pichações, que causam prejuízos aos afetados e enfeiam nossa cidade?

E o caso da escola *Julia Vanderley*, no *Champagnat*, que teve de retirar o busto da professora cuja escola leva o nome devido aos frequentes vandalismos?

Vamos assistir a essa deterioração gradual da qualidade de vida em nossa cidade como o sapo do início deste artigo?

Penso que já passou da hora de a população curitibana, que majoritariamente preza a educação, as boas maneiras e a civilidade, cobrar dos dirigentes da nossa cidade e – por que não? – da nossa mídia, tão influente, campanhas educativas que mobilizem a população e nos ajudem a construir uma cidade melhor.

Pode Ser Bom!

Esta é uma das minhas crônicas prediletas.

Quando era adolescente, de vez em quando ia para São Paulo e tomava um ônibus numa pequena estação para ir a Itanhaém passar uns dias com os tios e primos que lá tinham um apartamento de praia.

Numa dessas vezes, cheguei à estação e o ônibus já estava lotado. O próximo, só duas horas depois.

Tentei passar uma conversa na vendedora de passagens para me deixar ir em pé. Afinal, com 16 anos, tiraria de letra viajar em pé por duas horas.

Não houve jeito. Acabei tendo de esperar por duas horas.

Durante a viagem, vi um ônibus igual ao que estava capotado. Será que era o ônibus que tentei pegar? Pode ser que sim.

Talvez tenha sido este o evento que despertou minha atenção para pensar que coisas que parecem boas se revelam posteriormente ruins e vice-versa.

Ao longo da vida, coletei alguns exemplos disso.

Pensar assim pode ser útil quando alguma coisa indesejável acontece. Por outro lado, se é uma coisa boa, desejada, pode deixar com um pouquinho de pé atrás.

Já maduro, conheci, por meio da revista *Superinteressante*, uma lenda taoista que caracteriza bem essa minha visão.

Aqui vai ela:

Na China antiga, o único cavalo de um aldeão fugiu. Todos em sua aldeia procuravam consolá-lo.

– Pode ser bom! – diz o aldeão.

Algum tempo depois, seu cavalo volta acompanhado de uma égua.

– Que coisa boa! Que sorte! – dizem os moradores da vila.

– Pode ser ruim! – responde.

Pouco tempo depois, a égua dá cria. O filho do aldeão, tentando amansar o potrinho, cai da montaria e fica aleijado.

– Que pena! Coitado! – falam seus vizinhos.

– Pode ser bom! – retruca o aldeão.

Alguns anos depois, há uma guerra, os jovens da aldeia são convocados e muitos morrem. O filho do aldeão, por ser aleijado, não tinha sido convocado...

Por que esta história aqui? Porque a usava muito quando alguma coisa ruim acontecia no ambiente de trabalho.

É Segredo!

Não sei se é do ser humano em geral, ou do brasileiro em particular, a dificuldade em manter segredo.

Sempre que me pediram sigilo sobre algo, procurei seguir à risca. Mesmo assim, em raras ocasiões, felizmente, com o passar do tempo esquecia-me do pedido de segredo e falava o que não devia. Ninguém é perfeito! O problema que isso acarretava normalmente não era grande, já que o passar do tempo havia atenuado o impacto da quebra de sigilo. O bom hábito que sempre tive de contar o milagre, mas não contar o santo, também ajudava muito a não ser indiscreto.

Creio esta última ser uma boa prática. Se precisamos contar um fato, como exemplo, é bom evitar dar nome aos bois. Na maioria dos casos, o importante é a história, não os personagens.

Tive um gerente que dizia: "O problema do segredo é que todos têm um amigo de confiança".

Sábias palavras!

Já um amigo, militar da área de Informações, dizia: "Um problema do vazamento de informações é que muitos gerentes acham que a moça do cafezinho e o motorista são surdos. Conversam assuntos ultrassigilosos na frente deles".

Grande verdade!

Outras fontes de vazamento nas empresas podem surgir quando se tiram cópias ou se processam informações em computadores corporativos.

Senti os efeitos disso na pele muitas vezes.

Participando por muitos anos das negociações com os sindicatos, representando a direção da Itaipu, várias vezes fui surpreendido ao constatar que representantes dos sindicatos dispunham de informações sigilosas da empresa que não deveriam conhecer, ou seja, entravam numa negociação conhecendo "as cartas" da outra parte.

Ouvia, por exemplo, declarações como: "Sei que já rodaram versões da folha de pagamento considerando 5% e 6% de aumento".

Essa triste realidade todo gerente tem de conhecer.

Tenho outros dois episódios reais interessantes sobre o assunto.

Certa ocasião, um Superintendente da Itaipu convocou uns 15 gerentes a ele subordinados para uma reunião. Estava entre eles. Pedindo-nos sigilo absoluto, expôs-nos uma determinada situação.

Ao sair da sua sala, um dos gerentes que participou da reunião encontrou um amigo e despejou: "Você não sabe o que fiquei sabendo?", e sem o menor constrangimento repassou o segredo. "Não durou nem um minuto", pensei com meus botões.

Noutra ocasião, o gerente da minha área passou-me uma informação e pediu sigilo absoluto. "Que fique só com você", pediu-me.

Duas semanas depois, chamou-me de novo. Um subordinado meu havia participado de uma reunião e tomado uma posição tremendamente equivocada.

"Por que ele fez isto?", cobrou-me meu gerente. "Eu não havia lhe passado aquela informação?".

"Havia. Mas não era sigilo absoluto?"

Ambos ficamos com cara de tacho.

P.S.: No mês de julho de 2016, uma matéria em um jornal informava que o presidente Temer realizara uma reunião sigilosa sobre orçamento com membros do governo e alguns políticos. O assunto vazou minutos após a reunião.

Recomendações aos Gestores Públicos

Os gestores públicos e gerentes de estatais ou órgãos públicos se veem muitas vezes na seguinte situação: uma decisão que têm de tomar poderá contrariar um grupo muito próximo ou com muita força de pressão. Por outro lado, os beneficiados pela decisão mais adequada, o consumidor ou o contribuinte, não têm a menor ideia do que está sendo tratado e não efetuarão sobre ele qualquer cobrança ou reclamação. Muitos gerentes, ao se verem nessa situação, optam por tomar a decisão errada, mas que vai lhes causar menos transtorno.

É importante que tais gestores sejam corajosos e sempre tenham em mente que sua atenção prioritária deve ser dada ao contribuinte ou consumidor.

Tal caso ocorre também no Congresso e nas Câmaras de Vereadores. Um determinado benefício descabido é aprovado para atender a um dado grupo organizado, e o custo disso recai sobre o contribuinte e a população. Provavelmente, esta é a principal razão de tantas mordomias, benefícios e remunerações absolutamente descabidas que fazem parte da realidade do nosso país. Pobre do contribuinte que as sustenta e pobre da população que recebe serviços públicos da pior qualidade.

Na época do Regime Militar, li que havia sido feito um filme sobre a realidade brasileira, que era de exibição obrigatória para os gerentes públicos. A notícia dizia que muitos deixavam a sala de projeção com lágrimas nos olhos, tamanha eram as mazelas, a falta de assistência e a falta de apoio ao povo mais pobre do nosso país mostradas no filme.

Não sei se aqueles que roubam verbas públicas para si mesmo ou para as campanhas do seu partido mudariam a forma de atuar ao serem confrontados com a triste realidade do nosso povo. Creio que não! Talvez, contudo, aqueles que por comodidade, falta de coragem ou desatenção tomam decisões equivocadas que prejudicam nosso povo poderiam mudar assistindo a um vídeo desses.

A Maneira Certa de Dizer as Coisas

Sempre achei que, na vida privada ou na vida profissional, o que causava atrito no relacionamento interpessoal era a forma de dizer algo, não seu conteúdo.

Exemplificava até duas situações: um subordinado que, civilizadamente, me procurasse com algum pedido absurdo, um aumento excepcional despropositado e fora de hora, seria por mim tratado educadamente e com respeito, apesar de eu ir negar seu pleito.

Por sua vez, se um empregado chutasse a porta enraivecido, reclamando de forma grosseira que seu salário não havia sido depositado, encontraria má vontade de minha parte, apesar de justa sua reclamação.

Educação e civilidade são fundamentais!

Vale conhecer a historinha do jornal *O Trovão*:

Certa vez, um sultão sonhou que havia perdido todos os dentes. Logo que despertou, mandou chamar um adivinho para que interpretasse seu sonho:

– Que desgraça, Senhor! – exclamou o adivinho.

– Cada dente caído representa a perda de um parente de vossa majestade.

– Mas que insolente! – gritou o sultão enfurecido – Como te atreves a dizer-me tal coisa? Fora daqui!

Chamou os guardas e ordenou que lhe dessem 100 açoites.

Mandou que trouxessem outro adivinho e lhe contou sobre o sonho. Este, após ouvir o sultão com atenção, disse-lhe:

– Excelso Senhor, grande felicidade vos está reservada. O sonho significa que terás vida longa, sobrevivendo a todos os vossos parentes.

A fisionomia do sultão iluminou-se num sorriso e ele mandou dar ao segundo adivinho 100 moedas de ouro.

Quando saía do palácio, o vizir, que tinha acompanhado todo o episódio, disse-lhe admirado:

– Não é possível! A interpretação que você fez foi a mesma que seu colega havia feito. Por que ele ganhou 100 açoites e você 100 moedas de ouro?

– Lembra-te, meu amigo – respondeu o adivinho – que tudo depende da maneira de dizer...

A Revolução da Comunicação Eletrônica

Observação: escrito em 2001, mas ainda tem lições.

Recente artigo do jornal inglês *The Independent,* traduzido e republicado em jornal nacional de grande circulação, tinha por manchete: *E-mails Provocam Estresse.*

A matéria fazia referência à pesquisa realizada com 800 gerentes ingleses que indicou, pela primeira vez, que ler e responder aos e-mails recebidos já era um dos dez principais fatores de estresse da vida profissional moderna. Destacava, ainda, a conclusão de um gerente do *Management Institute* (IM): "As novas tecnologias (de informação) podem não ser a panaceia que prometiam".

Longe de mim ser um especialista em sistemas de informação, ou um "viciado" em Internet. Minha navegação na Web restringe-se a algumas horas por semana, majoritariamente por necessidades profissionais.

Sou, contudo, um fã ardoroso da comunicação eletrônica, da Intranet e da Internet.

Acho o correio eletrônico um instrumento revolucionário, mais importante ainda que as máquinas copiadoras (Xerox) que, no passado, eliminaram a restrição quanto ao número de cópias de um documento ou relatório.

Embora não tenha vivido tal período, imagino o que era preparar um documento, usar o papel carbono para conseguir seis a sete cópias e escolher, entre aqueles que precisariam tomar conhecimento do assunto, os que receberiam cópias (tão mais apagadas quanto menor a importância do destinatário da cópia).

As cópias xerográficas vieram para modificar isso.

A comunicação eletrônica tem ainda um efeito bem mais abrangente.

Numa empresa moderna, dispondo de correio eletrônico e Intranet, uma série de benefícios aparece de imediato.

Um relatório importante, tão logo concluído, pode ser disponibilizado na Intranet e, desde que devidamente divulgada tal disponibilidade via correio eletrônico, permite o acesso imediato de todos aqueles que precisam de suas informações ou resultados.

Com isso, desaparecem as necessidades de cópias, envios via fac-símile, listas de circulação de documentos, controle de circulação, que só contribuem para o atraso em sua divulgação. (Em empresas de grande porte, quem já não se surpreendeu recebendo um relatório mensal elaborado seis meses atrás!!!)

Um primeiro benefício da Comunicação Eletrônica é, portanto, a rapidez de divulgação da informação e sua abrangência.

Outra aplicação interessante é a divulgação de informações obtidas, por exemplo, em reuniões.

Digamos que, numa empresa ainda não devidamente informatizada, um empregado participe de uma reunião onde informações importantes para sua área são divulgadas. O procedimento mais frequente, nesses casos, é ver o funcionário fazer uma descrição oral ou, no máximo, um memorando dirigido ao seu supervisor. Posteriormente, pode ocorrer também a colocação em circulação de uma ata de reunião, que muitas vezes chega com bastante atraso.

Numa empresa moderna, entretanto, nada como enviar uma mensagem eletrônica a seu supervisor, sumarizando o que houve de importante na reunião. Este não só fica sabendo do ocorrido, muitas vezes de forma mais organizada do que em uma comunicação oral, como pode facilmente ampliar a divulgação reencaminhando a mensagem a seu gerente superior, supervisores de outras áreas e mesmo empregados do seu setor. Para essa finalidade, o recurso das listas de usuários preestabelecidas, proporcionado por todos os *softwares* de correio, é altamente vantajoso.

Novamente, destaca-se a questão da rapidez e abrangência da divulgação de informações.

A Comunicação Eletrônica tem também um papel muito importante na diminuição das interrupções provocadas por telefonemas.

Quantas e quantas vezes temos nosso raciocínio interrompido por um telefonema não urgente no meio de um trabalho que exigia concentração. De acordo com alguns especialistas, mesmo que a interrupção provocada pelo telefonema seja de apenas um minuto, interrompe-se o **estado de fluxo** em que nos encontrávamos, o que exigirá pelo menos mais 30 minutos para voltarmos à concentração original.

Um segundo grande benefício da Comunicação Eletrônica estaria então na redução das interrupções provocadas por telefonemas, com a perda de produtividade daí associada.

Para maximizar tal benefício, é importante incentivar o uso do correio eletrônico em vez do telefonema. Este passa a ser interessante apenas nos casos de urgência, ou quando o contato mais pessoal, proporcionado pelo telefone, faz-se conveniente. (Às vezes, o uso do telefone se faz indispensável por proporcionar uma melhor troca de informação entre os interlocutores, além de permitir detectar o estado de ânimo do interlocutor: tom de voz, cordialidade etc.)

Outra grande vantagem da Comunicação Eletrônica está na comunicação informal que ela proporciona. Digamos que você esteja analisando um relatório elaborado em outra área da empresa e acredite que tenha uma contribuição a dar sobre aquele assunto. Se seu relacionamento com quem fez o trabalho permitir, nada como enviar-lhe um comentário informal por meio eletrônico. Uma carta, nem pensar, muito formal; além do que, outros ficarão sabendo. Um telefonema, às vezes não cabe pela interrupção que ele provoca. Já o correio...

O mesmo procedimento é válido para encaminhar sugestões para colegas de outras áreas com quem temos suficiente intimidade.

Um terceiro grande benefício do Correio Eletrônico é, portanto, proporcionar uma comunicação informal, associada a sugestões e comentários, que pode trazer enormes benefícios para a empresa.

E a questão do estresse que surgiu na pesquisa britânica?

Acredito que um primeiro fator de estresse esteja associado à quantidade de mensagens recebidas.

Uma série de cuidados pode ser tomada para reduzir essa quantidade excessiva.

Tomar cuidado, por exemplo, ao entrar para listas de distribuição preestabelecidas. Muitas vezes, amigos indicam nosso endereço eletrônico para alguma entidade, julgando, inadvertidamente, que para nós tal assunto seja importante. Nesses casos, o melhor é comunicar que você quer sair da lista, o que é processado automaticamente na maioria dos casos, ou classificar como *spam*.

Outra situação frequente é a distribuição geral de informações na empresa, quando estas têm interesse apenas para algum grupo de funcionários. Nessa situação, o melhor é tentar atuar, em sua empresa, para que as listas sejam mais seletivas, evitando uma perda de tempo geral.

Outro problema é o excesso de pendor artístico de alguns colegas. Em vez de uma mensagem sintética, porém cordial, recorrem a recursos artísticos de animação e som, que além de consumirem o tempo de quem preparou a mensagem e sobrecarregarem o sistema computacional da empresa, também consomem **o seu tem-**

po! Nesses casos, nada como uma conversa amigável e sincera pedindo a seu colega que contenha seu pendor artístico.

Eliminar mensagens sem lê-las também é um recurso às vezes inevitável.

Algumas experiências todos nós já temos em nossa vida privada, com as malas diretas. Quantas vezes, após uma rápida passada de olhos numa correspondência, as enviamos para a lixeira. O mesmo pode (DEVE!) ser feito com nossa correspondência eletrônica.

Finalmente, cuidado com os recursos *You've got mail!*

Bonito no filme da Meg Ryan e Tom Hanks, mas ruim em nossa vida profissional. Seus efeitos são os mesmos dos telefonemas anteriormente citados: muitas vezes interrompem aquele **estado de fluxo** quando nós estávamos perto de achar a solução de um grande problema.

E na nossa vida particular, o que muda com o Correio Eletrônico?

A primeira mudança talvez esteja no acesso que ele viabiliza.

Certa vez, um cronista de um grande jornal comentava, em sua coluna diária, que, como experiência, enviou um e-mail para um presidente de república sul-americana. Surpreendentemente, para ele, recebeu resposta que enriqueceu a matéria que estava escrevendo.

Atualmente, podemos também observar que o correio eletrônico deu uma interatividade muito grande entre jornalistas e seus leitores, fornecedores e consumidores etc. Muitos são os jornalistas que em suas colunas informam seu endereço eletrônico. Com isso, viabilizam receber *feedbacks* na forma de comentários ou críticas dos seus leitores que, sem dúvida, aperfeiçoarão sua visão de um determinado assunto, lhe darão material para próximos artigos etc.

Como muita coisa na vida, a comunicação eletrônica é muito boa, mas exige algumas precauções.

P.S.: Um último cuidado na comunicação eletrônica é que, ao contrário de cartas, normalmente não é tomado o cuidado, não é feita a reflexão, muitas vezes necessária, antes de enviá-la. Grandes problemas podem surgir daí. Se estiver incomodado com algo e quiser formular uma resposta, respire fundo, escreva o texto, mas coloque-o na caixa de rascunhos para reconsiderá-lo quando estiver mais calmo.

Por que os Subordinados Nunca Fazem Exatamente o Que Se Espera Deles?

Anos atrás, fui atraído pelo instigante título deste livro, de Ferdinad Fournies. Nunca pensei assim, pelo menos de forma geral, achando que o problema ocorria com todos os subordinados, ou que ocorria com frequência. Uma ou outra vez, contudo, pensei com meus botões:

"Por que fulano de tal não fez o que eu esperava dele?"

Achei o livro excelente, fornecendo muitas respostas a essa questão, assim como o que fazer para evitar o problema.

Gostei tanto que preparei uma síntese que guardava na minha gaveta para poder consultar vez ou outra. Recomendo a leitura do livro, se puder encontrá-lo. Em todo o caso, apresento a síntese que preparei.

POR QUE OS SUBORDINADOS NUNCA FAZEM EXATAMENTE O QUE SE ESPERA DELES?

Do livro de mesmo nome de Ferdinand Fournies, sintetizado e adaptado por Marcos Lefevre

QUESTÕES A VERIFICAR **ANTES** DO INÍCIO DOS TRABALHOS

1. NÃO SABEM O QUE DEVEM FAZER

   Ação Preventiva: Pedir para explicarem o que queremos que seja feito, em vez de só perguntar se sabem fazer.

2. NÃO SABEM COMO FAZER

   Ação Preventiva: Pedir para descreverem ou mostrarem como vão fazer, em vez de só perguntar se sabem como fazer.

3. NÃO SABEM POR QUE DEVERIAM FAZER

   Ação Preventiva: Esclarecer. Administradores esclarecidos sabem que, com raras exceções, não há qualquer problema em explicar o porquê.

4. ACHAM QUE A MANEIRA DO CHEFE NÃO FUNCIONA OU QUE A MANEIRA DELES É MELHOR

   Ação Preventiva: Interagir com o empregado, ouvindo com proatividade sua opinião.

5. ACHAM QUE ALGUMA OUTRA COISA É MAIS IMPORTANTE

   Ação Preventiva: Interagir com o empregado, esclarecendo suas dúvidas quanto às prioridades.

6. ANTECIPAM CONSEQUÊNCIAS NEGATIVAS NO FUTURO

   Ação Preventiva: Identificar preocupações e procurar eliminá-las.

7. PROBLEMAS PESSOAIS

Ação Preventiva: A menos que se trate de emergência, quando o empregado deve receber todo o apoio possível da chefia, cobrar a execução do trabalho apesar dos problemas.

8. LIMITAÇÕES PESSOAIS

   Ação Preventiva: Verificar se o que se pede está acima da capacidade ou conhecimento do subordinado.

9. OBSTÁCULOS ALÉM DO CONTROLE DOS SUBORDINADOS

   Ação Preventiva: Procurar prever obstáculos e removê-los.

10. NINGUÉM CONSEGUIRIA FAZER

    Ação Preventiva: Avaliar se não está sendo pedida uma missão impossível.

Por que os Subordinados Nunca Fazem Exatamente o que se Espera Deles?

Do livro de mesmo nome de Ferdinand Fournies, sintetizado e adaptado por Marcos Lefevre

QUESTÕES A VERIFICAR **APÓS** O INÍCIO DOS TRABALHOS

1. PENSAM QUE ESTÃO FAZENDO CERTO

   Ação: Fornecer *feedback* adequado.

2. NENHUMA CONSEQUÊNCIA POSITIVA POR FAZER CERTO

   Ação: Recompensar, ao menos com elogio verbal, o bom desempenho.

3. HÁ OBSTÁCULOS ALÉM DO CONTROLE DO CHEFE

   Ação: Reavaliar o trabalho solicitado.

4. PENSAM QUE ALGUMA COISA É MAIS IMPORTANTE

   Ação: Indicar prioridades.

5. SÃO PUNIDOS POR FAZEREM O QUE SE ESPERA (P. ex.: faz bem, mais trabalho para ele)

   Ação: Remover as consequências negativas por fazerem as coisas certas.

6. SÃO RECOMPENSADOS POR NÃO FAZEREM O QUE SE ESPERA DELES (P. ex.: faz mal, menos trabalho para ele)

   Ação: Utilizar consequências negativas para quem não faz o trabalho direito.

7. PROBLEMAS PESSOAIS

   Ação: A menos que se trate de emergência, quando o empregado deve receber todo o apoio possível da chefia, cobrar a execução do trabalho apesar dos problemas.

Frasistas Prediletos

Aqui em nosso país tivemos uns frasistas geniais. Uso o termo frasista sem gostar. Acho-o muito superficial. Não faz jus ao conteúdo embutido, à profundidade de muitas dessas frases.

Meus prediletos são: Millôr Fernandes, Nelson Rodrigues, Roberto Campos e Apparício Torelly, este último autodenominado barão de Itararé.

Esses gênios conseguiam com uma frase sintetizar assuntos tremendamente profundos.

Vejam algumas de minhas frases prediletas. As negritadas, inclusive, sempre usei no meu dia a dia, como gerente, para reforçar algum posicionamento.

Millôr

"O grande erro da natureza é a incompetência não doer."

"Dinheiro público: é o dinheiro que o Governo tira dos que não podem escapar e dá aos que escapam sempre."

"**De onde nada se espera, daí que não sai nada mesmo.**"

"O problema é que o crime é aqui na esquina e a justiça mora longe."

"**O elogio deve ser feito logo. Antes que o cara lhe dê motivos do contrário.**"

"(No governo...) a ignorância virou virtude cívica."

"As maiores mentiras, ou autojustificativas ou tapeações, humanas:

1. O que é que você quer? É o meu caráter.
2. Meu marido não me compreende.
3. A gente tem de sobreviver.
4. Não me entreguei ao sistema. Estou combatendo por dentro.
5. Não fui eu que fiz o mundo.
6. Dos males, o menor.
7. Se eu não aceitasse, eles entregariam o cargo a alguém do outro lado.
8. Ordens são ordens.
9. É só a cabecinha.
10. Se eu não desse, o patrão me despediria.
11. A gente recua dois passos agora, depois avança três.
12. Jamais me perdoarei pelo que estou fazendo.
13. Agora não posso mais recuar.
14. Eu nem sabia o que estava assinando.
15. Nunca me aconteceu uma coisa assim na primeira noite.

Nelson Rodrigues

"Invejo a burrice porque a burrice é eterna."

"Tudo que é dito uma vez e uma única vez permanece rigorosamente inédito."

"Tão profundo que uma formiguinha poderia atravessar com água nas canelas"

"Subdesenvolvimento não se improvisa, é obra de séculos – É todo um paciente trabalho de gerações e gerações."

"No mundo de hoje ninguém faz nada sem o apoio dos cretinos de ambos os sexos."

"Só os profetas enxergam o óbvio."

"A unanimidade é burra." (Esta uso muito!)

Roberto Campos

"No Brasil, a burrice tem um passado glorioso e um futuro promissor."

"**Direitos adquiridos ou privilégios extraídos**." (Superatual)

"Há três maneiras de o homem conhecer a ruína: a mais rápida é pelo jogo; a mais agradável é com as mulheres; a mais segura é seguindo os conselhos de um economista."

"(No Brasil), tanto se legisla, tanto se modificam as regras, que temos uma verdadeira diarreia normativa." (Grande verdade!)

Barão de Itararé

"**Ou locupletemo-nos todos ou implanta-se a moralidade.**"

"**Elogio em boca própria é vitupério!"** (vitupério = afronta, insulto)

Quanto pelo Macaco?

Dizem que estamos ficando velhos quando achamos que as melhores músicas e os melhores filmes já foram feitos.

Se isso for verdade e se valer para humoristas, estou ficando velho.

Além do Chico Anysio, o mais genial humorista que conheci, tivemos muitos outros fora de série: Golias, Jô Soares, Agildo Ribeiro, Renato Aragão e muitos, muitos mais.

Um desses excelentes humoristas era o José de Vasconcelos.

Repetia muito para meus colegas de trabalho, quando a situação pedia, uma piada que ele contava. Como uma fábula, tinha uma ótima lição.

Vamos a ela:

Um motorista seguia por uma estrada quando furou o pneu do seu carro. Ao abrir o porta-malas, constatou que estava sem o macaco.

– E agora? – pensou.

Lembrou-se de que havia passado por um grande posto de gasolina a poucos quilômetros e decidiu ir até lá.

Ao andar, ia refletindo:

– Vou pedir um macaco emprestado. E se me pedirem um dinheiro por isso?

– Tudo bem, vão pedir quanto? R$ 20,00?

Continuou andando.

– E se pedirem R$ 50,00? R$ 50,00 só para emprestar um macaco? É muito, mas o que vou fazer? Tenho de aceitar.

E continuou andando...

– E se pedirem R$ 100,00? Isso já seria um absurdo, uma exploração, coisa de bandido, mas estou nas mãos deles.

E assim foi andando e refletindo até chegar ao posto.

Lá, mesmo sendo atendido por um mecânico muito solícito e antes mesmo que este falasse alguma coisa, esbravejou:

– Milão para emprestar um macaco! Seu ladrão!

E deu uma porrada no mecânico.

Algumas vezes, na vida profissional, vi gente agindo como o motorista do pneu furado. Se possível, contava essa história.

Lição de Filme ou Filosofando...

Escrevi esta pequena crônica ainda impactado pela tristeza de perder um jovem colega da "comunidade Itaipu".

Morte repentina, por infarto.

Funcionário dedicadíssimo, não tinha tempo para cuidar da saúde; fazer *check-ups*, praticar exercícios. O trabalho estava sempre em primeiro lugar!

Lembrei-me de um filme de que gosto muito – lá vou eu de novo! –, *Rastros de Ódio*, de John Ford.

Nele, o personagem interpretado por John Wayne, junto com um jovem (filho? sobrinho?) recebe a notícia de que índios selvagens estão atacando a região onde tem fazenda e família.

Os dois saem em disparada.

Após horas de cavalgada, o personagem de John Wayne resolve parar para descansar sua montaria.

O jovem não aceita isso, afinal, sua família está em perigo, e segue na cavalgada.

Horas depois, John Wayne passa por ele, ao lado do seu cavalo, morto por estafa...

A vida é uma corrida de fundo, não de 100 metros rasos!

Tudo bem fazer sacrifícios momentâneos, mas temos de tomar cuidado para não cairmos na armadilha do excesso de trabalho, tão comum em pessoas dedicadas e super-responsáveis.

Cuidem-se!

Telefonistas, *Softwares* e Outras *Cositas*

Alguns poucos artigos deixam uma marca indelével na nossa forma de pensar. Creio que foi no final da década de 70 que li um destes. Infelizmente, na época eu ainda não tinha o hábito de arquivar artigos muito interessantes, ou só com o passar dos anos enxerguei sua importância. Por isso não posso citar o autor, talvez alguém da IBM.

O artigo começava descrevendo que no começo do século XX teve início a expansão do sistema telefônico dos Estados Unidos. Qualquer ligação que fosse feita, mesmo que local, exigia a ação de uma telefonista. Avaliou-se então que quando a rede telefônica cobrisse todos os estados dos EUA, um em cada dez trabalhadores teria de ser telefonista. O absurdo disso levou ao desenvolvimento de centrais telefônicas automáticas que resolveram o problema.

Com base nesse exemplo, o artigo informava que um levantamento feito nas áreas de informática das grandes empresas revelou que a carteira de projetos solicitados pelas diversas áreas exigiria sete anos de trabalho das equipes de desenvolvimento de *software*. Isto, considerando que nenhuma solicitação nova ocorresse nesses sete anos, o que não seria realista. Mais uma situação absurda se configurava.

Qual era então a saída? O artigo por fim informava que se encontravam em desenvolvimento *softwares* amigáveis aos usuários de forma que eles mesmos pudessem atender à maior parte das suas necessidades sem ter de recorrer às equipes de informática das suas empresas.

Poucos anos depois, *softwares* para a edição de textos, elaboração de planilhas e de palestras chegaram ao mercado, popularizaram-se e pouco a pouco começaram a fazer parte do nosso dia a dia. Tais *softwares*, juntos com a microinformática, revolucionaram nosso mundo.

No passado, escrevia um relatório técnico com lápis e papel. Ao trabalhar na versão definitiva, usava muito a tesoura e a fita adesiva. Por fim, encaminhava-o para um *pool* de datilografia, recebendo o trabalho após dois dias. Terminou? Não! Ainda havia a verificação do texto datilografado e o encaminhamento ao *pool* para as devidas correções, que exigiam muita tinta branca.

Os editores de texto mudaram radicalmente tal situação.

As planilhas, por sua vez, permitiram fazermos um sem número de cálculos que antes exigiam elaborar um programa usando FORTRAN, COBOL ou outra linguagem mais apropriada.

Por fim, os *softwares* de apresentação tipo *PowerPoint* substituíram com enormes vantagens aquelas feitas com retroprojetores.

Volta e meia o que esse artigo me ensinou volta ao meu pensamento.

Lendo matérias sobre a necessidade "incontestável" de mais policiais, pergunto-me: não seria melhor e mais barato usarmos redes de câmeras de segurança?

Nossos tribunais estão atolados de processos, apesar da enorme quantidade de recursos humanos e financeiros destinados ao sistema judiciário. Tal estado de coisas num Judiciário que consome quatro vezes mais recursos que os demais países da OCDE! É caso de perguntar: a solução não seria simplificar significativamente nossa legislação?

Ao ver que o número de funcionários públicos municipais aumentou 67% nos últimos 13 anos, para um aumento da população de apenas 17%, pergunto-me: será que o problema não é mais de organização do que de falta de pessoal?

No caso de problemas universais, como a segurança, boas soluções acabarão chegando à nossa *Terra Brasilis*. Noutros casos, contudo, o problema é só nosso e seremos nós que teremos de encontrar soluções criativas.

Só Morando em Mercúrio!

Certa ocasião, quando tinha uns vinte e poucos anos, almoçava num restaurante de hotel onde participava de um seminário técnico. À minha mesa, sentava-se um colega apenas alguns anos mais velho e que se destacava pelo seu reconhecido brilhantismo.

Conversávamos sobre as dificuldades de fazer tudo o que gostaríamos ou achávamos importante.

– Difícil conciliar dedicação ao trabalho, atualização técnica e atenção à família – afirmei.

– Não vejo problema! – falou o colega brilhante, com arrogância.

– Eu (ele usava muito este pronome) – dizia ele – consigo sem problemas!

Um ou dois anos depois, soube que recém havia se separado...

De lá para cá, a dificuldade em arranjar tempo para tudo só aumentou.

Além das obrigações padrão, como fazer supermercado, levar e buscar filhos na escola, tomar banho, sabemos que é importante:

– dedicação ao trabalho;

– manter-se atualizado profissionalmente;

– manter-se atualizado com o que está ocorrendo no mundo;

– cuidar das finanças pessoais;

– dominar pelo menos mais dois idiomas e cuidar de mantê-los afiados;

– manter um bom *networking;*

– dar muita atenção ao cônjuge e aos filhos;

– não esquecer de dar atenção aos demais membros da família: pais, avós, irmãos, primos e sobrinhos;

– cultivar as amizades que já temos e estar atento para conseguir novos amigos;

– praticar esportes (Para quem curte, é lazer. Para quem não curte, mais uma obrigação);

– cuidar da saúde (fazer bons periódicos, não procurando ajuda apenas quando se está com algum problema);

– não sacrificar o lazer, reservando um período para fazer o que gosta ou mesmo não fazer nada;

UFA!

Acho que só meu colega de quando era jovem, aquele profissional brilhante, diria que não vê problema em fazer tudo isso.

Parece que a única saída é ir morar em Mercúrio, onde o dia vale por quase 60 dos nossos.

O problema é aguentar um frio de -170 ºC, pior que o de Curitiba, e um calor de +420 ºC, maior que o de Foz do Iguaçu!

Às vezes, a impressão que tenho é que a humanidade, em algum ponto, tomou a direção errada.

P.S.: Em entrevista no *Estadão*, em setembro de 2019, Jeffrey Pfeffer, professor da pós-graduação em Negócios da *Universidade de Stanford*, confirmou minha preocupação: "As evidências sugerem que o estresse no trabalho é um problema mundial", "Quanto maior a quantidade de horas trabalhadas, maior sua pressão arterial. No final das contas, as pessoas estão literalmente morrendo por um salário". Se só com o trabalho as pessoas estão consumindo boa parte do seu tempo, o que sobra para as diversas outras atividades também necessárias que apontei na minha crônica?

Dados Técnicos:

• Formato:	14 x 21 cm
• Mancha:	11 x 18 cm
• Fonte:	Futura Bk BT
• Corpo:	11
• Entrelinha:	13
• Total de Páginas:	104
• 1ª Edição:	2020